EL DIARIO DE SOFÍA

El Diario de Sofía
© Sofía Hope, 2019
Diseño de portada: Olga Pulido

ISBN-13: 9781793079077

Impreso en Estados de Unidos de América

EL DIARIO DE SOFÍA

SOFÍA HOPE

Agradecimientos

A mi **Padre Celestial**, por otorgarme la vida y la bendición de estar siempre conmigo. Por depositar la confianza y la seguridad de que su promesa se hiciera realidad.
A mis hijas, Stephanie y Cyd Marie, por siempre confiar en mí: **¡Lo Logramos!** A mis **Padres** por enseñarme **Valores**, en especial el **Perdón**, y por darme el ejemplo de ayudar a los demás. Por instruirme en la **Palabra**, porque hay un **Dios** vivo. A mi hermana gemela Sandra, por empezar a realizar lo que en un momento era una idea. A mis amigos por enriquecerme con vivencias. A los que no creyeron en mí, porque me dieron la fuerza para superar cualquier obstáculo.
Por tanto, también quiero dedicar mi agradecimiento a todas esas personas diciéndoles: **GRACIAS**, porque hicieron de mí una persona decidida, persistente y firme para llevar este regalo de vida, mi sueño, **MI LIBRO**.

Dedicatoria

Le dedico este libro a todos los niños del mundo, para que lleven a sus vidas el regalo que nadie puede arrebatarles: "Los Valores". Observé a tantos niños indefensos en una sociedad tan acelerada, donde en los hogares no los fomentan a cultivar buenos sentimientos. En *El Diario de Sofía* puedan canalizar sus situaciones, utilizarlo como herramienta para que estén más unidos a sus familiares, amistades y sirve como recurso para los profesionales.

Enseñarles a que conozcan el significado de los valores para que así lo practiquen a su temprana edad, y vayan adaptando un mejor comportamiento. Modificando una sociedad distinta a la que hemos visto.

A que los niños del futuro estén preparados y comprometidos para ser Hombres y Mujeres en un nuevo mundo, llenos de Amor, Igualdad, Respeto y Generosidad.

Finalmente, a Christian Jr. Roldan, que fuiste mi inspiración. Una tarde vi tu mirada perdida y triste, tan indefenso, sabía que te inquietaba alguna situación, no hablabas, pero tu silencio decía mucho, tal vez por miedo, tal vez por complejos, tal vez por un trauma; pero solo tú sabías lo que realmente estabas pasando y viviendo a tu alrededor. Mi mente no podía aceptar que ese niño tan lindo e inteligente estuviera atravesando por una situación tan delicada. Cuando a esa edad otros niños están felices, llenos de vida y compartiendo con otros niños; pero la realidad es otra, hay tantos niños pasando la misma situación y tenemos la responsabilidad como personas adultas de cambiar la perspectiva y quitar de nuestra mente que no es nuestro problema lo que le sucede a otras personas, pero Sí, podemos ser partícipes en el futuro de nuestros niños, es nuestro deber ayudarlos. El mundo no necesita un niño maltratador porque fue maltratado; a un niño con vicios porque lo vio en sus padres. No es imitar, no es repetir la vida de sus padres; es que tengan su propia personalidad y que sean genuinos. Se necesita una sociedad más comprometida con los niños para que tengan una mejor calidad de vida, porque son el futuro del mañana y queremos niños con deseos de vivir.

Esta es la historia de Sofía, una niña inteligente, cariñosa, alegre, curiosa y con mucha empatía ante las situaciones que enfrentan sus amigos. Ella intenta buscar soluciones sanas sin perder el razonamiento. Son historias basadas en hecho reales: **Mi familia extendida**, que trata sobre la comprensión de los niños y sus familiares hacia Davis, un niño que convive con un matrimonio del mismo sexo.

Un mundo para todos, está basado en el racismo, donde Lorangie es una niña discriminada por su color.

Un niño feliz, en el cual un niño llamado Mathew vive en un hogar donde existen problemas de adicción.

En el siguiente tema titulado **Mi mamá**, Sofía expresa que es hija de madre soltera y las experiencias que enfrentan juntas.

Finalmente, el cuento nombrado **Mi mejor regalo**, es sobre Loradys, una niña que vive en un hogar de violencia doméstica.

Introducción

Como mujer, madre, hermana, tía y amiga quisiera promover este cuaderno, ya que es conveniente y necesario crear conciencia en nuestros niños promoviendo los valores, abriendo la oportunidad de integrarlo al sistema educativo como recurso de una negociación colectiva entre padres, maestros, estudiantes, trabajadores sociales, psicólogos, entre otros. Que los mismos puedan identificarse con cada una de las historias. Encontrar recursos y facilitar herramientas a cada individuo o grupo familiar para así obtener una mejor calidad de vida.

Este cuaderno va dirigido a menores de 8 años en adelante. Y por supuesto para padres, maestros y todo aquel encargado de brindar amor y educación a un niño. Mi mayor interés es llevar un mensaje a cada grupo familiar y profesional de este país, para que puedan recuperar los valores que han desaparecido por varios factores que a su vez dificultan el desarrollo de cada ser humano como lo es: el reconocimiento de nuestras acciones, la identificación de nuestras situaciones y buscar la mejor solución.

Por último, está comprobado según datos científicos que la personalidad de cada persona se desarrolla desde los 5 años en adelante, ya que representa una etapa decisiva en el desarrollo de la capacidad física, intelectual y emotiva de cada niño. Es la etapa más vulnerable del crecimiento.

Los niños deben mantener sus mentes ocupadas y activas empleando su tiempo en actividades muy diversas como deportes, ejercicios, música o alguna actividad que les guste, donde se desarrolle el estado físico, intelectual y social, ya que la integración personal es muy importante, debido a que estimula y alimenta el cerebro. Finalmente añado referencias de los siguientes psicólogos que comprueban cómo funciona el desarrollo de un niño de forma sociocultural, cognitiva y significativa.

Lev Vygotsky-(Rusia-1896-1934)

Desarrolló la teoría del aprendizaje sociocultural, el cual puso en acento la participación de los menores con el ambiente que los rodea, siendo el desarrollo cognitivo fruto de un proceso colaborativo, también sostenía que los niños desarrollan su aprendizaje mediante la interacción social, porque van adquiriendo nuevas y mejores habilidades cognitivas como proceso lógico de su inversión a su modo de vida.

Jean Piaget-(Suiza-1896-1980)

Promovió la teoría del desarrollo cognitivo. Conocido como el padre de la epistemología genética (relativa a la generación de nuevos atributos, fruto de funciones establecidas genéticamente, que solo requieren de estimulación o ejercitación), reconocido por sus aportes al estudio de la infancia y por su teoría constructivista del desarrollo de habilidades y la inteligencia, a partir de una propuesta evolutiva de interacción entre genes y ambiente.

David Paul Ausubel-(New York 1918-2008)

Promovió la teoría del desarrollo significativo, una de las principales aportaciones de la pedagogía constructiva. Su teoría del aprendizaje significativa verbal supone la necesidad de tener en cuenta los conocimientos de los alumnos para construir desde esa base los nuevos conocimientos. Se trata de un concepto muy vinculado al aprendizaje pasivo, que muchas veces se produce incluso de manera no intencionada a causa de la simple exposición a conceptos repetidos que van dejando su marca en nuestro cerebro.

Familia Extendida

Una tarde después de llegar a la escuela me fui a jugar con mis amiguitos de la urbanización. Al lado de mi casa se habían mudado unas personas nuevas y de momento vi a un amiguito nuevo frente a su casa que nos estaba mirando, fui hasta donde él y le pregunté.

-¿Cómo te llamas?

Él muy amable me contestó:

-Mi nombre es Davis.

-Yo me llamo Sofía, y eres mi vecino nuevo. Es un placer. ¿Quieres jugar con nosotros?

Davis contestó rápidamente que "Sí", como si estuviera esperando que lo invitara.

-Pues vamos, te presentaré a mis amiguitos.

Nos fuimos caminando hasta donde estaban ellos.

-Les presento a un amiguito, se llama Davis, es nuestro vecino nuevo. Davis, ella es mi hermana Nydmarie y ellos son Amelys, Jolysmar, Frederick y Axel.

Él levanto su mano y dijo, "Hola", y todos dijeron al compás: "Hola Davis".

Axel y Frederick le extendieron la mano y le dijeron:

-¡Qué bueno! Ahora tenemos un amigo nuevo para jugar.

Y empezamos a jugar a las escondidas.

-¡Sofía, Sofía! ¿Dóndes estás? -gritaba Davis.
Davis me había visto detrás de unos árboles y con voz alta me dijo:
-Sofía, te encontré.
Seguimos jugando hasta cansarnos. Luego nos sentamos en el suelo haciendo un círculo y empezamos hablar de distintos temas.
De momento se dirigieron a nosotros dos hombres que nos dijeron, "Buenas Noches". Con mucho respeto, le dijeron a Davis:
-Tienes 15 minutos más para que subas a la casa, ya son las 8:30 de la noche, te tienes que bañar que mañana madrugas para la escuela.
Davis respondió:
-Ok!
Todos curiosos le preguntaron:
-¿Son tu papá y tu tío?
Davis les dijo:
-NO, yo tengo dos papás.
Todos se miraron y se quedaron en silencio.
Axel le preguntó:
-¿Tienes dos papás?
Davis le contestó:
-SÍ, tengo dos papás.
Sofía, sin perder el tiempo dice:
-Eso no tiene que ver nada, seguirás siendo mi vecino, también nuestro amigo.
Los demás le dijeron lo mismo.
Sofía continuó:
-Hoy día hay matrimonios del mismo sexo que viven en armonía, en un ambiente saludable, en donde hay mucho amor y respeto.

El papá de Davis lo llama y le dice:

-Davicito, ya es hora de subir…

Davis se despidió de nosotros.

-Nos vemos mañana.

Todos le respondimos al compás de nos vemos mañana, que descanses. Cada cual se fue para sus casas.

Y llegué en compañía de mi hermana a mi casa, ella se fue a bañar y yo me fui a la cocina, cogí un vaso para beber agua, le comenté a mi mama.

-¡Mamita, conocimos a Davis!

-Sofí, quién es Davis?

-¡Mamita! Davis es nuestro nuevo vecino y conocimos a los papas de él. Mamita, Davis nos dio una lección. Él nos dijo que tenía dos papás con tanto orgullo y no sintió pena al decirlo; qué lindo, ¿verdad?

-¡Sí, Sofia! No somos quienes para juzgar, hay que aprender aceptar a las personas tal como son. Son personas tan normales como las demás personas, tienen sentimientos, son profesionales, son trabajadores y lo más importante es que tu amiguito Davis se sienta bien, lleno de amor. Sofía, en la vida tenemos que ser empáticos con los demás.

-Gracias, mamita, por ser como eres, por enseñarnos a respetar y aceptar a las demás personas sin entrar en juicio y con la misma igualdad.

Preguntas

1-¿Sabes cuál es significado de aceptar?
2-¿Sabes qué es tener igualdad?
3-¿Sabes qué significa respeto?
4-¿Sabes qué es Juzgar?
5-¿Cómo habrías reaccionado tú en el caso de Sofia?
6-¿Cómo compartes tú con tus amigos?

Mi mamá

Tengo una hermosa madre, su nombre es Ania. Ella tiene la cabellera como el maíz; amarillo oro, es amable, cariñosa, tiene una habilidad increíble, siempre me sorprende con cada cosa que hace, yo sabía que su arte era más grande que mi imaginación. Para mí la considero toda una profesional; es mi enfermera, porque cada vez que me enfermo, ella es la que me da los medicamentos y está pendiente de mis cuidados. Es mi abogada, porque me defiende cuando yo estoy en lo correcto. Es mi maestra, ella me educa y me ayuda con mis tareas. Ella es mi psicóloga, ella me escucha, me sugiere diferentes alternativas. Ella es mi arquitecta, me ha formado a ser una niña real y feliz. Es mi chef favorita, me hace unas comidas exquisitas …de pensarlo me da hambre. Es mi héroe, una guerrera que tiene un armamento poderoso en sus palabras de apoyo. ¡WOW! Ella es increíble, toda una actriz, me hace reír y llorar con todas las situaciones que le ha tocado vivir.

Una vez la vi llorando y le pregunté:

-¿Mamita, te pasa algo?-y ella me contestó, con voz temblorosa. -¡No! Sólo que me cayó una pajita en el ojo.

Tan bella, sabia, darme cualquier excusa para no preocuparnos ni a mí, ni a mi hermana. Aunque la mayoría de las veces nos explicaba lo que sucedía a nuestro alrededor para que pudiéramos entender cada situación de la vida. Se pone a cantar, a bailar, cómo me hace reír y nos contagia de esa alegría, también cantamos y bailamos juntas, cuánto lo disfruto.

Ella es madre soltera, lo cual admiro y me siento orgullosa de ella, porque lucha por nosotras frente a los prejuicios de la sociedad. Pensando en mi mamita hay muchas mamitas igual que ella, luchando por mis amiguitos y amiguitas.

¡Un día le comenté!

-Mamita, quiero que me compres una muñeca, que come y se le cambia el pañal. A Loradys le compraron una y yo también la quiero.

Mi mamita me miró a los ojos y me dijo:

-¡Sofía! La vida no es una competencia, como para tener lo mismo o mejor que las demás personas, la vida se compone de luchar por lo que uno quiere. Tener responsabilidades para obtener lo que se quiere con sacrificios. Es un intercambio. Yo trabajo para poder ganar dinero y comprarles sus cosas, comprar sus comidas, sus gustos y ustedes tienen que ganarse lo que quieren. Entonces nos puso hacer tareas en la recámaras, a organizar las camas, recoger nuestros juguetes, fregar nuestros platos y cubiertos, con el tiempo apareció la muñeca por arte de magia.

¡Qué maravillosa es mi mamita!

Siempre nos dice que tenemos que estudiar para que en el futuro seamos profesionales, que tengamos compasión por los demás, que seamos serviciales y sobre todo que nos amemos a nosotras mismas. Nos lleva a la iglesia, en la que estoy agradecida porque nos enseñó a creer en un ser maravilloso como EL CREADOR.

Me siento orgullosa de ser hija de una madre soltera. Por los valores que me ha transmitido.

Preguntas

1-¿Sabes qué es una madre soltera?
2-Te comunicas con tu mamá?
3-¿Cómo compartes con tu mamá?
4-¿En qué ayudas a tu mamá?
5-¿Como ves a tu mamá? Dibuja a tu mamá.
6-¿Sabes el significado de competencia?
7-¿Sabes el significado de responsabilidad?
8-¿Qué son valores?

Un mundo para todos

Comenzó el verano, mi mamita me registró en un campamento durante las vacaciones. El primer día todos estábamos emocionados porque vamos a conocer a diferentes amiguitos. ¡WOW! ¡Que emoción! Vi a una niña de color, donde no era la única, había varias. Pero ella en específico estaba alejada de todos, mi mente se llenó de mucha curiosidad y me le acerqué.

-¡Hola!

-¡Hola!

La niña me contesto tímidamente sin mirarme a los ojos. Le pregunté:

-¿Cómo te llamas? Yo me llamo Sofía.

La niña me contestó:

-Yo me llamo Lorangie. Sofía, ¡qué nombre más bonito tienes!

-Gracias.

Ya me miraba más atenta, pensé: "tengo amiguita nueva". Le hice más preguntas.

-¿De dónde eres?

Lorangie me contestó:

-Mis padres son de África.

Yo, sorprendida, le dije:

-Sí, un placer. Seguimos hablando mientras caminábamos para el salón de juegos y de momento noté que otra amiguita me miraba como algo raro. Me detuve y miré mi ropa para ver si me había ido en pijama, pero no... estaba vestida normalmente. Pensé por qué me habrá mirado así y seguí caminando con Lorangie.

-¡Hola! —saludé a todos mis amiguitos del campamento del año pasado y los nuevos que comenzarían en este nuevo año.

De momento se me acercó Cristine.

-¡Sofia, Sofia!

Me detuve.

-Hola Cristine, ¿cómo estás? Me alegra verte de nuevo en el campamento de verano.

Pero mi mente me preguntaba: ¿con que vendrá ahora? Porque Cristine es una niña bien, pero bien marginaria.

-Igual a mí me alegra verte otra vez en el campamento.

-Gracias...

-Qué raro verte con esa niña -y se rió, con una risa sarcástica.

-Qué tiene de raro, es como tú y yo. Ella es otra niña.

-Mmmm, es de color.

-¡Ay, Cristine!, el color no te define como persona; al contrario, muchas personas se limitan a conocer a otras personas por los prejuicios y son excelentes seres humanos. Te has fijado en las uvas; hay uvas rojas, blancas, rosadas y todas son uvas. Todas son diferentes y cada cual tiene su esencia. Me da la impresión de que estás discriminando, no puedes aislarte de las personas diferente a ti, porque vivimos en un mundo donde El Creador nos ha colocado en la vida con personas de color, con impedimentos, con otro idioma, personas obesas, ¡demasiado delgadas y entre otras diferencias y no por eso tengo el derecho de rechazarlas...sabes qué! Te dejo Cristine, me están esperando, que disfrutes el campamento.

Cristine se sonrió, pero no contestó nada.

Me fui caminando hasta donde estaba Lorangie y le dije:

-Vamos al salón de juegos.

Pasé todo el día con ella. Jugamos cartas, tenis de mesa, voleibol, nos divertimos mucho, nos reímos y disfrutamos la compañía de otros amiguitos. Al despedirnos nos dimos un fuerte abrazo y le comenté:

-Gracias amiguita, por compartir conmigo, nos vemos mañana.

-¡Nos vemos, Sofía! -me comentó con gran emoción.

24

Ya no era la misma niña que conocí al principio, la niña tímida, de mirada hacia abajo.

Llegué a mi casa muy contenta de haber estado en el campamento.

-¡Hola mami!

-¡Hola hija! ¿Cómo te fue hoy en el campamento?

-Súper, mamita, hoy conocí una amiguita nueva, se llama Lorangie y sus padres son de África.

-¡WOW, Sofía!, qué interesante, ¿y compartiste con ella, ¿qué hiciste durante el día?

-Bueno, jugamos diferentes juegos y la pasamos muy bien, ¿sabes quién está otra vez en el campamento...? ¡Cristine!

-Sí, ¿y cómo está ella?

-¡Ay! Mamita, pues ella me saludó y como siempre con sus comentarios sarcásticos...Sabes que comentó que por qué andaba con una amiguita de tez oscura. Me sentí muy triste con ese comentario de Cristine, le dije que no tiene nada que ver el color, porque todos somos iguales.

-Así mismo es, Sofía, y me siento muy orgullosa de ti, porque tienes un corazón noble y a la vez le enseñas a otros amiguitos. ¡Te quiero mi amor! Mi mamita se me acercó y me dio un besito. Luego me di un baño, me comí lo que me había hecho de comida mi mamá y me fui a dormir.

Llegó la mañana y cuando desperté me puse hablar con El Creador...

-Hola Señor, ¿cómo estás? Yo amanecí bien, gracias a ti que me has dado un día más, por permitirme abrir mis ojos y despertar en mi camita, bendice a mi mamita, a mi hermana, a mis amiguitos, a todas las personas del mundo, que encuentren paz, que tengan sus alimentos todo el día y que sea un día lindo. Amén.

Mi mamita me llevó para el campamento.

-Bendición mamita, gracias por traerme.

-Dios te bendiga Sofía, que tengas un lindo día. Adiós, mi amor.

Mientras caminaba, iba saludando a todos mis amiguitos.

"¡Hola! ¡Buenos días!"

Llegué hasta donde estaba Lorangie. La saludé y le di un besito en la mejilla.

-Hola Lorangie, ¿cómo estás?

Sonriendo me contestó:

-Bien gracias, ¿y tú?

-Bien, gracias.

Mientras hablábamos, nos dirigíamos hacia a los salones de juegos. Lorangie salió corriendo hacia donde estaba Cristine, a quien vio caerse en un hoyo que había en el suelo y fue hasta donde estaba ella para ayudarla.

Llorando del dolor, Cristine le decía, "gracias, no pensé que tú me fueras ayudar".

-No te preocupes, yo estoy para ayudar a quien me necesite.

Entre Lorangie y yo sacamos a Cristine del hoyo donde se encontraba, la cogimos en nuestros hombros y la llevamos a la oficina, hasta que llegaran los padres de Cristine para llevarla al hospital. Al día siguiente Cristine llegó al campamento con un yeso en el pie izquierdo. Lorangie y yo llegamos hasta donde se encontraba Cristine.

-¿Cómo te encuentras, Cristine?-preguntó Lorangie.

-Gracias nuevamente, si no hubiera sido por ti, no sé qué hubiera pasado. Y disculpas por pensar de ti de esa manera, por tu color.

Abrí mis ojos sorprendida por todo lo que estaba pasando y le comenté. "La vida nos permite lecciones para aprender. No podemos entrar en juicios de personas que no conocemos,

porque son las que nos ayudan en situaciones difíciles que no
no nos esperamos".

Lorangie, Cristine y yo nos reímos, nos abrazamos. Y estuvimos juntas en el campamento hasta que culminó el verano.
Todos los niños y niñas hicieron que Lorangie se sintiera en
confianza, alegre y con su única sonrisa, que demostraba su
agradecimiento por haber sido aceptada por los demás niños.

Preguntas

1-¿Sabes qué es discriminación?
2-¿Sabes qué es ser racista?
3-¿Qué es empatía?
4-¿Qué es una persona sarcástica?
5-¿Qué entiendes que es ayudar? ¿Cómo ayudarías?
6-¿Sabes qué es amistad?
7-¿Qué es confianza?
8-¿Sabes cuándo dar las gracias?
9-¿Qué es una persona marginaria?

El Niño Feliz

¡Ring, ring, ring!, sonó el timbre de la escuela. Empezaron todos los estudiantes, unos caminando, otros corriendo, a ir sus salones correspondientes. En el salón de mi clase veo a un amiguito que siempre está peleando con todos los niños y en un momento dado le dije:

-Hola Mathew, ¿cómo estás?

Mathew me contesta:

-¿Qué te importa como estoy?

-Te puedo ayudar en algo.

-No creo, en nada.

-Amiguito, que pases un lindo día, Nuestro Creador sabe todo lo que te pasa.

Él se quedó pensativo y me contestó.

-Si ve todo lo que me pasa, ¿entonces por qué vivo todo lo que estoy viviendo?

-Mathew, muchas veces pasamos situaciones por las decisiones de nuestros padres y nosotros pagamos las consecuencias…no sé por lo que estés pasando, pero creo necesitas ayuda. ¡Búscala! Nos vemos amiguito, piénsalo bien, porque tú eres el único que te vas a perjudicar.

Durante el día Mathew peleó en la escuela tres veces con diferentes niños, suficiente como para saber que "SÍ" tenía problemas. Tenía muchos niños a su alrededor como si fuera un héroe, como si fuera algo grande y no es así, eso es señal de que había problema en el hogar. Situación que todo niño y niña debe de entender que no es correcto estar peleando con todo el mundo, que debemos vivir en armonía con los demás.

Lo llevaron a la oficina del director de la escuela, le enviaron carta a sus padres para que fueran al día siguiente. Le mencionaron que si volvía a pelear lo suspenderían de la escuela. ¡Ufff! Qué fuerte.

Después que mi mamita me recogió a la escuela, fuimos al supermercado y qué casualidad me encontré con Mathew que andaba con su mamá.

-Mathew, hola, ¿ella es tu mama?

-Sí

-¡Qué bonita es tu mamá!

Era una mujer joven, delgada, de cabello color marrón, los ojos verdes. Andaba con sus dos hermanitos menores. Su mamá se veía triste y distraída.

Mi mamita se acercó y le dije:

-Mamita, él es Mathew, está en mi salón de clases.

-¡Oh! Qué bien.

Mi mama saludó a la mama de Mathew.

-¡Hola! Soy la mamá de la famosa Sofía.

La mamá de Mathew dice:

-Mucho gusto, mi nombre es Rebeca.

-Un placer, algún día entenderás porque dije la famosa Sofía…jajaja. Nos vemos.

-Mathew, nos vemos mañana en la escuela.

Mientras íbamos en el carro, le comenté a mi mamá.

-Ay, mamita, ¿tú sabes que Mathew, ese niño que viste en el supermercado con su mamá, peleó hoy tres veces en la escuela?

-¡Bendito Sofia! Tiene que tener alguna situación en su hogar. Eso es señal de rebeldía.

-Mamita lo sé, y creo que ya tengo trabajo que resolver.

-¡Sofia, Sofia!

Llegamos a la casa, mi mama nos preparó la comida, comimos, hicimos las tareas de las escuelas, después me fui a bañar y al acostarme me puse hablar con nuestro Creador.

"Gracias por el día de hoy, por los alimentos que llegaron a nuestra mesa y por estar en mi vida. Te pido por mis amiguitos, en especial en el hogar de Mathew, que encuentre la manera de solucionar sus problemas".

Amaneció un nuevo día…

Mi mamita me llevó a la escuela, mi lugar favorito donde aprendo diferentes materias, conozco a distintas personas y aprendo de cada historia.

¡Ring, ring, ring! Sonó el timbre de la escuela. Llegué al salón y al primero que vi, fue a Mathew.

-¡Hola Mathew! ¿Como estás?

-¡Hola Sofía!

-Perdona que te pregunte, ¿tus padres vinieron a la cita con el director de la escuela?

-Sofía, mi mamá vino sola, porque mi papa es alcohólico y usa drogas, él no pudo venir.

-¡Ok! Pero lo más importante es que tu mamá vino para que te den una oportunidad. Y tu papá ha buscado ayuda, habla con la maestra para que les busquen ayuda profesional. Y puedan vivir en un hogar más saludable.

-Gracias Sofía, pero para mí papa ha estado en varios centros de rehabilitación y ha recaído muchas veces. Me entristece mi mamá porque ella es quien lo hace todo, trabaja, busca todo lo que está a su alcance para que mis hermanos y yo no pasemos necesidades.

-Hablemos con la maestra, ella nos puede ayudar. ¿Qué opinas?

-Sofía, si hablas, que sea como si fuera de tu parte… porque si mi papá se entera, es capaz de darme una golpiza.

-Perfecto, deja eso en mis manos.

En la hora del recreo me acerqué a la maestra.

-¡Miss Rodríguez! Buenos días, ¿puedo hablar con usted?, necesito de su ayuda.

-Sí, ¿en que té puedo ayudar?

-Se trata de Mathew, el niño que peleó hace dos días atrás. Él está en una situación donde necesita mucha ayuda.

-Cuéntame Sofia, para ver cómo podemos ayudar a Mathew.

-En su hogar están pasando por una situación muy terrible...- y le abrí mis ojos.

-Sofía, me estás asustando.

-No maestra, tiene que estar relajada... Resulta que el papá de Mathew tiene problema de alcohol y de drogas. Y su familia está sufriendo mucho.

Miss Rodríguez respiró profundo y me dijo:

-Desde hoy mismo hablaré con la trabajadora social para buscarle ayuda.

-¡Ay maestra!, con mucho cuidado porque si el papá de Mathew se entera le puede dar un mal golpe y eso no es lo que queremos.

-Tranquila Sofía, lo trabajaremos con mucho cuidado.

La maestra, sin perder el tiempo, habló con la trabajadora social y le mencionó lo que estaba pasando Mathew con su familia. Por cierto, como habían citado a los padres de Mathew, la mamá fue ese mismo día a la escuela; y ella le comentó lo que estaba sucediendo con su familia a la trabajadora social, o sea que fue mucho más fácil de lo que nos imaginábamos.

En ese momento mi mente se llenó de muchos pensamientos. Muchas veces creemos que nuestra situación no tiene solución, pero sí la hay.Tenemos que hablar con las personas que nos demuestren confianza, que nos demuestren su afecto hacia nosotros, porque son las personas que nos pueden ayudar.

La trabajadora social había hablado con la mamá de Mathew y le buscó una cita con un psicólogo para terapia en familia. Mathew vino a mí y me explicó lo que la trabajadora había hecho.

-Qué bueno amiguito, ya se está viendo buenos resultados.

Pasaron tres meses, se había visto cambios en Mathew, sus calificaciones habían subido, su comportamiento fue mejorando, ya no peleaba, era otro niño.

Ring, ring, ring!, sonó el timbre como de costumbre. Fui hasta donde se encontraba Mathew y le dije:

-Te felicito por tus calificaciones, te ves diferente.

-Gracias Sofía, por acercarte y preocuparte por mí y por mi familia. Te contaré que fuimos a terapia de familia. Mi papá se ha integrado a un grupo de Rehabilitación, la cual le ha ayudado mucho, también estamos visitando la iglesia y gracias a los profesionales de la escuela que orientaron a mi mamá, ahora tengo una familia y soy un niño feliz.

-Mathew, por eso es bien importante que nuestros padres nos inculquen valores, que los maestros de nuestras escuelas estén bien pendientes de nuestro comportamiento y con la ayuda de profesionales, podemos formar un futuro más saludable.

Preguntas

1-¿Qué es confianza?

2-¿Confías en alguien? No hables con extraños.

3-¿Qué es una persona extraña?

4-¿Sabes que es ser Feliz?

5-¿Eres feliz?

6-¿Te acercarías a tu amigo o amiga si tuviera un problema?

7-¿Harías tú lo que hizo Sofía?

8-¿Hablarías con alguien para que te ayude?

9-¿Cómo son tus padres contigo?

10-¿Le tienes miedo a tus padres?

Mi mejor regalo

Hoy en la escuela vi a mi amiga llorando, la cual me preocupó y le pregunté:

-Loradys, ¿por qué lloras?

Y ella me dijo:

-Mi mamá y mi papá se la pasan peleando todos los días y ayer le pegó a mi mamá.

Lloraba sin consuelo. Me sentí muy triste al ver a mi amiguita de esa manera, me senté a su lado, poniéndole mi brazo derecho en su hombro.

-Loradys, habla con tu mamá, pregúntale porque su papa le estaba pegando, a ver qué explicación te da.

Loradys me dijo que lo intentaría… Sonó el timbre para entrar al salón de clase y nos despedimos.

-Adiós amiguita, hablamos mañana.

Al día siguiente alcancé a ver a Loradys en la escuela y fui corriendo hasta donde estaba ella. Le di un besito en la mejilla, le eché los brazos y le dije:

-Hola amiguita. ¿Cómo estás hoy? ¿Hablaste con tu mamá? ¿Qué te dijo?

-Sí, hablé. Pero mi mamá me dijo que yo era muy pequeña y no iba entender lo que está pasando con mi papá.

-¡Ay amiguita! Si los padres supieran que nosotros nos damos cuenta de todo.

Mientras hablaba con ella se me ocurrió una idea.

-¿Sabes qué Loradys? Cuando estés cenando con tus padres, le preguntas a tu papá por qué estaba golpeando a tu mamá. Y aprovechas para decirle el daño que te hace ver cómo la golpea. Y así no la golpea más, ¿te atreves? Ya verás que lo vamos a resolver. Loradys, recuerda que soy tu amiga, puedes confiar en mí y te voy a ayudar. No se lo diré a nadie, ¡ok!?

-Sí.

Cogí el dedo meñique mío y lo crucé con el de ella. Hicimos un pacto y nos despedimos.

En la tarde cuando llegué a mi casa de la escuela, olía rico, mmm, como de costumbre, ya mi mamé tenía la comida lista.

-¡Hola mamita! Bendición.

-Hola mi amor, Dios te bendiga, ¿y cómo te fue en la escuela?

-Bien, pero, ¡ay mamita! Si supieras.

Mamita suspiró y dijo:

-Sofía, ¿en qué estás metida ahora?

Mamita, estoy resolviendo una situación delicada.

-¿Sí?, ¿cuán delicada?-y se sentó en la silla del comedor, mientras yo comía.

Es que ahora mismo no te puedo decir, le dije a mi amiguita que confiara en mí y no puedo faltar a mi palabra.

-Sofía, hay situaciones muy delicadas que no lo pueden resolver los niños porque dependen de la ayuda de los mayores o de un profesional. Entiendo que la confianza es de respetar. Sabes que también puedes contar conmigo.

Por un momento me quedé pensativa, y solo le dije:

-Gracias mamita. Te garantizo que lo voy a analizar.

Terminé de comer, hice las tareas, me di un baño, me fui para la cama y me puse hablar.

"Querido Creador, gracias por el día de hoy, por mi familia, también te pido por mi amiguita Loradys que en su casa haya paz, que le dobles los dedos al papá de mi amiguita y que no le vuelva jamás a pegarle a su mamá. Amén."
Y me quede dormida.
Al día siguiente cuando llegué a la escuela vi a Loradys y salí corriendo hasta donde estaba ella…, agitada le pregunté:
-¿Cómo estás? ¿Hablaste con tu papá?
-Sí, nos sentamos a comer y le hice la pregunta, que por qué peleaba tanto con mi mamá y mi papá bien molesto me dijo: "tú no entiendes que en los problemas de los adultos, los niños no se meten". Empecé a llorar, me levanté del comedor y me fui para mi cuarto.
Ahí es donde mi mente no acepta lo equivocados que están las personas adultas, si pudieran entender que en todo problema que se presenta en un hogar todos se afectan; que los hijos se exponen a sufrimientos innecesarios por las decisiones de los adultos; si los padres se sentaran a hablar con sus hijos para explicarle las situaciones que pasan en el hogar… Hay que tratar de buscar soluciones sabias, buscar las ayudas necesarias para el grupo familiar. Un ambiente de amor crea un ambiente saludable para todos.
Se acercaba el día de la hispanidad, la cual se celebra con una gran actividad en la escuela, donde los niños junto a sus padres se reúnen con otros niños y sus familiares. Preparan kioscos con el emblema de cada país; llevan comida de distintos países, se visten de su país de origen, músicas autóctonas. Una celebración única donde todos compartimos. Vi a Loradys con su mamá, fui hasta donde estaba ella para saludarla.
-¡Hola Loradys! Qué bueno verte, te ves hermosa.
Ella tenía su vestido tradicional de Venezuela, de donde es su familia.
-Tú también te ves hermosa.

Yo tenía mi vestido de jíbara puertorriqueña, me sentía feliz porque estaban todas mis amiguitas. Caminamos por todas partes, fuimos a los diferentes kioscos para conocer las diferentes culturas y sus comidas, fue una experiencia inolvidable. Llegamos hasta donde se encontraba la mamá de Loradys. Por cierto, su mamá estaba hablando con la maestra del salón hogar de mi amiguita, quien le estaba recomendando que visitara terapias en familia; al parecer la mama de Loradys le estuvo comentando de la situación que estaba pasando con su familia. La actividad se acabó, todos nos despedimos y cada cual para sus casas.

Al día siguiente como de costumbre me levante dándole gracias al Creador, me cepillé los dientes, me bañé y me fui para la escuela. Loradys me estaba esperando en la entrada de la escuela.

-Hola amiguita, ¿cómo está tu día?

-Mejor que ayer Sofia, fíjate ayer cuando llegamos de la actividad, mi mamá le estaba diciendo a mi papá que fueran a terapia de familia, para ver si podían mejorar las situaciones que estaban pasando en la casa y él le dijo que no, que él quería el divorcio, mi mamá se puso a llorar y se fue conmigo al cuarto. Y empezamos a hablar, mi mamita me decía: Loradys, es mejor que ames a tu papá estando separados, a que lo odies viviendo contigo por el bien de todos, iremos las dos a terapia o a un psicólogo, a la iglesia, vamos a estar bien. Porque si seguimos peleando y viendo a tu papá pegándome, lo vas a dejar de querer y no puede ser así, porque es tu padre. Y los problemas de los adultos, se tienen que resolver sin hacerte daño. Recuerda que su problema es conmigo y no es contigo. Vas a tener el tiempo de compartir con él y con una mejor calidad de vida. Yo le dije a mi mama que confiaba en ella y que si era lo mejor para todos, que estaba bien. Que me ponía nerviosa cada vez

que veía a mi papá pegándole. Abracé bien fuerte a mi mamá y
le dije: "te amo", "y yo también mi amor", me dijo mi mamita.
-¡Wow! Es increíble lo que estás viviendo, pero ya tu mamita
está buscando soluciones sabias, ya verás que todos estarán
bien, El Creador tiene el control de todo. Vamos para la biblioteca tengo que buscar una información de clase de Ciencia,
quieres ir.
-Sí, también tengo que hacer la misma asignación. ¡Vamos!
Nos fuimos para la biblioteca, nos encontramos con varios estudiantes. Pasamos un día fantástico, hicimos las asignaciones,
compartimos con otras niñas y con la bibliotecaria.
Pasaron seis meses...
Al llegar un día a la escuela vi que la mamá de Loradys la estaba
dejando allí, me pareció algo raro, porque siempre la llevaba su
papá.
-Buenos días, Loradys
-Buenos días, Sofia.
-Vi a tu mamá en la escuela.
-Sí, como verás han cambiado muchas cosas en mi casa. Mis
padres se divorciaron. ¡En verdad que la presencia de mi papá
me hace falta! Pero ya no oigo peleas, no veo a mi papá pegán-
dole, ahora hay una tranquilidad en mi casa muy grande.
-¿Y te comunicas con tu papá?
-¡Sí! Lo veo fines de semanas alternos. Ahora me lleva al cine,
salimos a comer, vamos de paseo. Verdaderamente comparti-
mos más ahora que cuando vivía con nosotras.
-¿Y tu mamita?
-Mi mama ahora es más exigente.
Se pone las manos en la cabeza.
-Sofía, hay veces que dentro de la paz que vivo me desesperan
porque mami me da unas instrucciones y mi papá me da otras.
Las personas adultas son más complicadas que los niños.

-Es cierto, muchas veces inconscientemente los padres hablan y actúan, dejándose llevar por las emociones y terminan afectando al núcleo familiar. Recuerda que ahora tu mamá va a demostrar que es la mejor mamá y tu papá de igual manera, es como una competencia de quién es el mejor. Lo mejor que puedes hacer que cuando tu mamá o tu papá envíe recados le digas "NO", lo que ustedes tengan que decir háblenlo entre ustedes para que se mantenga una relación cordial entre todos y no haya malentendidos.

-Lo mejor de todo es que vivo en un ambiente de paz y tranquilidad. Y comparto con los dos.

Nos agarramos las manos y nos fuimos para el parque de la escuela.

Preguntas y Observaciones

1-¿Sabes cuál es el significado de Violencia Doméstica?
2-¿Qué es respeto?
3-¿Qué es confianza?
4-¿Hablas con tus padres?
5-Cuando ves un comportamiento que no es normal en la familia, ¿debes buscar ayuda?
6-¿Cómo son tus padres?
7-¿Sabes qué es maltrato?
8-¿Tus padres te demuestran amor?

VALORES

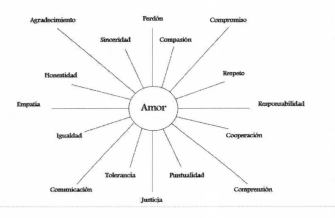

Los valores morales nos permiten diferenciar entre lo bueno y lo malo, lo correcto y lo incorrecto, lo justo y lo injusto.

Por tanto, los valores morales son introducidos desde la temprana infancia por los padres o las figuras de autoridad, para luego, en la etapa escolar, ser reforzados por los maestros o profesores.

El Amor define lo que son los valores, es el más importante de todos. El amor acepta, comprende, perdona y va acompañado por dos valores muy importantes: El Respeto y La Tolerancia.

El Respeto es donde se nos permite la interacción social, aceptando las diferencias de las personas que nos rodean. Nos da la satisfacción de compartir con las demás personas, aunque tengamos distintos pensamientos, creencias, opiniones, costumbres, razas y géneros.

La Tolerancia es entender, comprender y aceptar todo aquello que es diferente a nosotros. Sin hacer daño en lo físico, verbal, ni emocional.

Dinámica: Para fortalecer la comunicación

Haz estas preguntas simples y te impactarán las respuestas. Los niños tienen muchas inquietudes que podrás identificar, trabajar y aportar a sus necesidades básicas tales como el crecimiento emocional.

Busca papel y lápiz. Te sientas frente al niño y comienza a hacerle estas preguntas, luego analizas sus respuestas. Sabrás dónde empezar a trabajar. Es una dinámica fortalecedora para la comunicación entre padres e hijos.

Estas primeras 4 preguntas es lo que piensa el niño del adulto que está haciendo las preguntas.

¿Qué es el Amor para ti?
¿Quién soy yo?
¿Qué te gusta de mí (como persona)? ¿Por qué?
¿Me cambiarías algo? ¿Qué?

Las próxima y últimas 3 preguntas son con relación al niño.

¿Eres feliz?
¿Qué te gusta hacer? ¿Por qué?
¿Qué te causa tristeza?

Ustedes niños y niñas de hoy,
Hombres y Mujeres del mañana,
Conozcan bien la vida porque el mundo será de ustedes
Sofia Hope

Más sobre la autora

Mi nombre es Sofia Hobe y nací el 26 de marzo de 1965 en el pueblo de Arecibo, Puerto Rico. Mis padres son ambos oriundos del pueblo de Vega Baja, Puerto Rico. Tengo 7 hermanos, de los cuales 4 son hijos de mi padre, de su primer matrimonio; y mi madre tuvo un hijo, pero quedó viuda cuando mi hermano mayor tenía 5 años. Mis padres unieron sus vidas para completar una familia y tuvieron 3 hijos más: mi hermana y yo, unidas en el vientre siendo gemelas; y después llegó el regalo de la casa, mi hermano menor. Nuestros padres nos enseñaron a querer a mis hermanastros como mis hermanos. No había diferencias entre nosotros. Tuve una infancia muy bonita y alegre, la pasaba en mi casa escribiendo los espejos con las velas simulando tiza, escribía reflexiones en todas partes, siempre tenía inquietud por la escritura. Seguí estudiando hasta llegar a la secundaria en la escuela Lino Padrón Rivera, luego continué mis estudios en el Instituto de Banca y estudiaba y trabajaba al mismo tiempo para una compañía electrónica, Motorola Inc. Me dediqué a trabajar de inspectora por muchos años. Me gustó mucho ganar dinero y ser independiente, por lo que decidí seguir trabajando y dejar los estudios.

Desde ese momento empecé a batallar en la vida. Y me esperaba un campo minado. Me enamoré, tuve dos hermosas hijas a las que amo con todo mi ser. Con ellas comenzó la vida y las decisiones me convirtieron en madre soltera, por ser víctima de violencia doméstica, diferencia de edades... Seguía trabajando y luchando, no tan solo para mí, sino para nosotras tres. Hasta que en un momento de mi vida, la misma vida empezó a exigirme más y más hasta llegar a una depresión mayor, por los prejuicios de una sociedad marginaria. La falta de comprensión y tolerancia de las personas, me llevaron a estar ingresada en el hospital varias veces, porque esa mujer que todo el mundo veía fuerte, luchadora, emprendedora, también tenía debilidades. Lloraba pero sentía, aún con todo lo que estaba pasando, que nunca dejaría de escribir, sabiendo que había esperanza si tenía fe.

Mi mayor debilidad es ver a las personas pasando por alguna necesidad o que sean maltratadas. Mi mayor virtud es perdonar. Valores que me enseñaron mis padres desde pequeña, y sobre todo, amar a Dios y a los que me rodean.

Me apasiona escribir, todo lo que pienso, vivo, lo que me gusta y lo que me desagrada... todo lo escribo. Algo curioso es que en una de mis depresiones vi lo cruel, lo bonito, las caricias; y esos golpes de la vida me hicieron entender que lo que me apasiona es escribir, pero esta vez iba a ser un libro. Hubiese escrito un libro sobre el maltrato, porque me tocó vivir fuertemente el abuso emocional, al nivel de paralizarme por completo; pero pensaba que había un tema más importante: los niños, ya que hay que educarlos, enseñarles valores, enseñarles a que amen y se amen, luchen, estudien, trabajen, que puedan discernir entre lo bueno y lo malo, cuáles amistades son las correctas y cuáles no. Enseñarles el amor de Dios, un ser maravilloso siempre está a nuestro alrededor.

Mi mayor preocupación es que se están cambiando los valores por resistencia. Y yo quiero aportar esperanza a esas generaciones que están comenzando y a la que les espera un futuro mucho más retador.

La única herencia que podré dejarle a mis nietos son los valores, unos valores bien fomentados, aunque pasen por diferentes circunstancias a lo largo de la vida. Esos valores prevalecerán y será de provecho para ellos. Mi mensaje será siempre el que sigue: "Construye tus propias columnas, para darle fuerza y equilibrio a tu vida".

Made in the USA
Columbia, SC
12 January 2019